Das Licht der Ankunft

Für Papa.

www.weltenbruch.de

*Bibliografische Information der Deutschen National-
bibliothek: Die Deutsche Nationalbibliothek verzeichnet
diese Publikation in der Deutschen Nationalbibliografie;
detaillierte bibliografische Daten sind im Internet über
dnb.dnb.de abrufbar.*

Covergestaltung: Luca Marie Koster

*Herstellung und Verlag: BoD – Books on Demand,
Norderstedt*

ISBN: 978-3751949958

Einige Passagen in diesem Buch behandeln verstörende
Inhalte.

1

»Aufmachen!«

Energisches Klopfen an der Tür. Johannes wusste, was das bedeutete und seufzte, sah in die Gesichter seiner Familie.

»Einen Augenblick!«, rief er.

»Was ist, Vater?«, flüsterte sein ältester Sohn, Matthias.

»Soldaten ... Du bist erst zwölf. Vergiss das bloß nicht.«

Wenn Johannes bei einem fragwürdigen Gefecht sterben würde, war das eine Sache, aber er durfte seinen Erben nicht verlieren.

Er entriegelte die Tür und ließ die Soldaten herein. Es waren drei. Einfache Kleidung, Gürtel mit Wappen und Kurzschwerter. Zu mehr reichte es in dieser Gegend nicht, das Fürstentum war schon immer arm gewesen.

Der Älteste der drei stellte sich an den Tisch.

»Johannes der Schweinehirte, ist das richtig?«

»Ja, ist richtig.«

»Euer Fürst befiehlt Euch und Euren Söhnen, die die Adoleszenz erreicht haben, ihm bis in den Tod zu folgen.«

»Ich komme mit, meine Söhne sind erst 8 und 12.«

»Euer Säugling. Der ist nicht registriert.«

»Das ist Elisabeth, ein Mädchen.« Der Säugling fing an zu schreien.

»Und du, Junge?« Der Soldat schritt auf Matthias zu, der immer noch am Tisch saß.

Martha wollte dazwischengehen, aber Johannes bedeutete ihr mit einer Handbewegung innezuhalten.

»Wie alt bist du wirklich?«

»Zwölf«, sagte er nach kurzem Zögern.

Der Soldat wendete sich wieder zu Johannes. »Alle Männer versammeln sich bei Anbruch des Morgens vor der Dorfkapelle. Auf Nichterscheinen ...«

»... steht die Todesstrafe«, vervollständigte Johannes.

»Wohl frech werden!«, rief der Soldat und gab ihm eine Ohrfeige. Für einen Augenblick hatte Johannes Schwierigkeiten, das Gleichgewicht zu halten; seine Wange brannte. Durch einen Tränenschleier sah er, wie die Soldaten sein Haus verließen. Martha schloss die Tür und eilte dann zu ihm. Er drückte sie weg und ging in die Schlafstube, lehnte die Tür an. Er wollte mit niemandem reden.

Zumindest nicht mein Sohn, dachte er.

Alle paar Jahre hatte er mit ein paar hundert Mann aus den umliegenden Dörfern irgendein Dorf eines anderen Fürsten überfallen und einnehmen müssen, um das Gebiet zu erweitern.

Johannes stopfte das bisschen, was er brauchte, in einen Beutel und legte ihn bereit. Wie lang würde er diesmal weg sein? Einige Monate sicherlich.

Der Säugling schrie. Er hörte, wie Martha ein Lied anstimmte und die Kinder das Holzgeschirr abräumten. Es würde auch ohne ihn weitergehen, es war ja nicht das erste Mal. Johannes setzte sich auf den Boden, hielt das Kruzifix seines Vaters, das er immer um den Hals trug, in den Händen und betete für eine schnelle Rückkehr. Dann zog er sich aus und legte sich ins Stroh, um irgendwann von einem traumlosen Schlaf übermannt zu werden.

Die ersten Sonnenstrahlen weckten Johannes. Er zog sich an und verabschiedete sich mit einem Kuss von Matthias und Georg, seinem jüngeren Sohn.

Beide waren noch im Halbschlaf und würden sich nicht daran erinnern. Dann nahm er die Hand seiner Frau. »Pass gut auf dich und Elisabeth auf, ich bin bald zurück.«

Wortlos lächelte sie und er strich ihr durchs Haar.

Er wusch sich, packte den Beutel – zwei Äpfel, ein paar Klamotten – und ging los. Sein ältester Sohn wusste, was zu tun war und worauf er achten musste; alles war in guten Händen.

Wahrscheinlich würden die Leute erst in einer halben Stunde bei der Kirche sein, aber er lebte am Rand des Dorfes und so war der Weg naturgemäß länger. Der Himmel war nahezu wolkenlos; es würde ein heißer Tag werden.

Als er bei der Kapelle ankam, hatten sich schon einige Leute versammelt, die mitkommen würden – etwas abseits standen ein paar ältere Männer und Frauen. Hier waren keine zwanzig Mann, die man rekrutieren konnte; da gab es lukrativere Orte. Er grüßte knapp und hoffte, dass niemand den Soldaten gegenüber erwähnen würde, dass sein Sohn eigentlich schon alt genug war. Er stellte sich zu Jakob, der schlecht gelaunt in den Dreck schaute. Jakob war der einzige andere Schweinehirte im Dorf. Johannes hatte schon häufiger überlegt, eines seiner Kinder mit einem der Kinder aus Jakobs Familie zu verheiraten.

»Weißt du, wo es diesmal hingeht?«

»Zur Burg des Fürsten.«

»Warum?«

»Verteidigung. Ich weiß aber nicht gegen wen, das hat man uns nicht gesagt.«

Johannes schluckte schwer. Ein Angriff? Eine Belagerung konnte Jahre dauern und es war fraglich, ob die Dörfer verschont bleiben würden.

»Scheiße.«

»Bei Gott, das ist richtige Scheiße«, sagte Jakob und spuckte auf den Boden. »Ich hatte gehofft, davon verschont zu bleiben.« Jakob blickte zu seinem Vater, Ulrich, der am Rand des Geschehens wartete; auf Johannes wartete niemand mehr, seine Eltern waren tot.

»Drei Jahre, dann wär ich alt genug gewesen, hierzubleiben«, meinte Jakob und wendete den Blick wieder von seinem Vater ab.

»Ich weiß nur nicht, ob es in der Burg oder hier im Dorf sicherer sein wird«, meinte Johannes.

Jakob verzog das Gesicht und schüttelte Kopf. »Im schlimmsten Fall kommen wir nach Jahren zurück und haben gar nichts mehr.«

Langsam trudelten die letzten Männer ein, die beiden grüßten knapp. Keiner wirkte begeistert, alle grübelten und malten sich eine düstere Zukunft aus.

Jakob deutete auf die leere Fahnenstange an der Festhalle. »In einer Woche wär das Mondfest gewesen. Wird traurig dieses ...« Jakob hielt inne, die Soldaten kamen und stellten sich vor den Leuten auf.

»Fehlt noch jemand?«, rief der älteste der Soldaten. »Wisst ihr von jemandem, der sich versteckt oder der seine Söhne zurückhält?« Stille. »Niemand? Wirklich niemand?« Stille. »Nun gut.« Er zeigte in Richtung der Burg, die als Fleck in der Ferne erkennbar war. »Da geht's hin. Folgt mir.«

Johannes und Jakob waren beide erleichtert. Hätte irgendjemand gemeldet, dass ihre Söhne eigentlich schon älter waren, wären entweder sie oder ihre Söhne oder alle zusammen erhängt worden.

Johannes schulterte seinen Beutel und folgte mit den anderen den Soldaten. Mit jeder Stunde wurde es heißer und er wusste, dass seine Haut noch tagelang brennen würde. Die Anzahl der Besuche in der Burg konnte er an einer Hand abzählen. Wenn der Fürst etwas wollte, schickte er jemanden, holte den Zehnt. Nur in besonders schlechten Jahren hatte Johannes sich nach oben begeben und um etwas gebeten – und jedes Mal nur kümmerliche Hilfe erhalten.

Es war nicht gut unter der Herrschaft des Fürsten, auch nicht schlecht, es war eben so.

Wenn er nicht gerade für ihn kämpfen musste oder seine Abgaben machte, spürte er fast nichts von der Herrschaft. Als der alte Fürst vor zwei Jahrzehnten verstorben war, hatte das Dorf das auch erst ein halbes Jahr später erfahren. Die Leute lebten und starben auch ohne Fürst ganz gut.

Das Dorf verblasste langsam in der Ferne. Bis auf die Geräusche der Schritte und das schwerer werdende Atmen, hörte man nichts. Laufen, nicht denken. Man konnte es sowieso nicht verhindern, also warum sollte man sich beschweren.

An der Brücke, die über den Fluss führte, machten sie eine Pause.

Johannes setzte sich zu Jakob auf einen größeren Stein, der Schatten von einem Baum gespendet bekam, und betrachtete die abstrakten Muster vor sich, die das Licht und die Äste zeichneten. Kugeln konnte er erkennen, Balken aus Licht und tiefe Dunkelheit. Er wendete sich zu dem Baum und schaute genauer hin, aber er konnte nicht erkennen, wie die Zweige im Zusammenspiel mit dem Licht diese Anordnungen ergeben konnten.

»Ich hab nicht das Gefühl, dass ich meine Frau und meine Kinder nochmal sehe«, unterbrach Jakob seine Gedanken.

»Sag sowas nicht. Wir sollten das nicht heraufbeschwören.«

»Nachdem wir das letzte Mal sieben Monate unterwegs waren, hab ich gebetet, nie wieder wegzumüssen, ich hab gebetet und gebetet, aber Gott hat meine Gebete nicht erhört.«

Johannes wusste nicht, was er antworten sollte.

»Los Männer!«, rief der älteste Soldat. »Wir wollen noch vor Anbruch der Dunkelheit ankommen.«

Johannes packte seinen Beutel. Immer weiter durch die heiße Sonne. Zur linken der Wald, rechts Hügel und

Wiesen und geradeaus in der Ferne die Burg auf dem Berg.

Die Abendsonne quälte sich noch mit den letzten Strahlen, als die Truppe die Tore der Burg erreichten. Niemand wirkte, als hätte er diesen Ort vermisst. Johannes' Füße schmerzten. Die Wunden würden Tage brauchen, um zu verheilen.

Die Soldaten führten sie an der Kirche vorbei zum Schlafbereich; dieser war einfach eine riesige, freigeräumte Lagerhalle, in der Stroh ausgelegt worden war. Ein paar hundert Männer fanden hier Platz und sie war schon brechend voll.

»Essen gibt's draußen.«

»Heute noch?«, fragte ein anderer Mann, Tristan, aus Johannes' Dorf.

»Morgen früh.«

Die Soldaten verließen den Platz – sie hatten wahrscheinlich einen besseren Ort nur für sich. Johannes knurrte der Magen und er holte die beiden Äpfel heraus, gab Jakob einen. Besser als nichts, auch wenn er sich über eine Suppe mehr gefreut hätte. Mehrere Männer würfelten an einem grob zusammengezimmerten Tisch. Johannes konnte damit nichts mehr anfangen, er hatte viel zu viel Silber dabei verloren und sich beinahe um Kopf und Kragen gespielt. Aber manchmal wünschte ... Johannes zwang sich woanders hinzusehen. Er zog seine Bundschuhe aus, die dunkle blutige Stellen hatten. Er musste sich auf die Lippe beißen, da der frisch gebildete Schorf direkt aufriss.

In der nächsten Stunde legten sich nacheinander alle ins Stroh und bald schon konnte man das Schnarchen der Leute hören. Das hatte Johannes nicht vermisst. Er wälzte sich hin und her und konnte nur an seine Frau denken, an seine Kinder, seine Schweine. Er dachte an das Dorffest und den guten Wein, den es da immer gab. Und dann Bilder von seiner brennenden Hütte, von seiner erschlagenen Familie. Söldner, die alles in Schutt und Asche legten. Jakob hatte vielleicht recht. Vielleicht würden sie nicht mehr zurückkommen. Falls sie überhaupt überlebten. Die Raubzüge, die der Fürst organisiert hatte, hatten sicher mehr als eine Ortschaft gegen ihn aufgebracht.

Vielleicht war es jetzt Zeit für die Sünden zu büßen, zumindest für das Volk. Johannes hielt sein Kruzifix fest umklammert.

»Johannes, wach auf.«

Verschlafen blickte Johannes nach oben und sah das fast zahnlose Lächeln Jakobs. Er drehte sich zur Seite; die meisten Leute schliefen. »Wie früh ist es?«

»Die Sonne geht gleich auf«, flüsterte Jakob. »Aber ich wollte nicht als letzter was zu essen bekommen und du sicher auch nicht.« Jakob lächelte noch breiter.

Johannes gähnte und rappelte sich ungelenk auf; er zog sich die Schuhe an, dann schritten die beiden nach draußen. Er genoss die kühle Morgenluft auf seiner verbrannten Haut und atmete tief ein und aus. Jetzt war es noch still, jetzt wollte noch niemand etwas. Er dachte an die Morgenstunden bei sich zu Hause. Für einen Moment war es fast genauso. Aber nur fast.

Ein lautes Knarren ertönte: Das Tor öffnete sich. Eine Gruppe von dreißig Männern, jung und alt, angeführt von zwei Soldaten, kam herein. Sie waren wohl die ganze Nacht durchmarschiert.

»Ihr da«, rief einer der Soldaten. »Packt mal mit an.«

Alle zusammen holten hinter einem großen Haus, welches in der Nähe des Wohnturms stand, mehrere lange Tische und Bänke hervor, die auf den Platz vor der Schlafhalle aufgestellt wurden. In der Regel wurden sie für Feste und andere Veranstaltungen verwendet und man sah die Abnutzungserscheinungen deutlich. Die aufgehende Sonne begleitete die Arbeiten, bald schon wurden ein paar große Töpfe über die Feuerstellen gehangen und die Suppe wurde ausgeschenkt. Nacheinander kamen die Männer aus der Schlafhalle heraus und nahmen sich Holzschüsseln und Holzlöffel. Die Suppe war dünn, aber es war gut, etwas Warmes zu essen.

Während des Essens kam der Priester der Burg und stellte sich an ein bereitgestelltes Pult, wartete ab. Nach und nach hörten die Gespräche auf und Stille trat ein. Alle sahen zum Priester.

»Ich habe sie gesehen. Die Anfänge der Apokalypse. Aus dem Himmel, der das Reich Gottes ist, kommen sie. Aber sie sind keine Geschöpfe Gottes.«

Ein Raunen ging durch die Menge. Johannes sah Jakob an, der völlig eingenommen zum Priester starrte.

»In Kugeln erreichen sie uns und werden mit dem Höllenfeuer Häuser, Burgen, Städte, Dörfer, Männer und Frauen gleichermaßen vernichten, wenn wir uns ihnen nicht entgegenstellen. Ich habe sie gesehen. Lasst uns beten. Nehmt euch an die Hände.«

Um die Tische herum bildeten sich menschliche Ellipsen, Hand in Hand, der Blick zum Pult.

»Pater Noster, qui es in caelis, sanctificetur nomen tuum. Adveniat regnum tuum. Fiat volun...«

Schreie. Vier Männer erhoben sich mit leerem, glasigem Blick nach vorne und schrien. Keine Schreie der Angst, nicht der Wut, einfach Schreie. Entsetzte Blicke in den Reihen, niemand regte sich, für einige Augenblicke nur die Schreie, bis der Priester rief: »Ergreift diese Frevler!«

Die Soldaten packten die Männer und schleiften sie aus dem Blickfeld der Anwesenden.

»Glaubst du, sie werden in den Kerker geworfen?«, flüsterte Johannes zu Jakob.

Dieser zuckte nur mit den Schultern. »Wenn nicht Schlimmeres. Was ist nur in die gefahren, als hätte ...« Jakob beendete den Satz nicht, da der Priester wieder zu sprechen begonnen hatte.

»Sie werden vom Himmel kommen. Wir müssen uns wappnen, wenn wir bestehen wollen. Manche von euch sind von weit her gekommen, aber wenn wir jetzt nicht kämpfen, werden alle Familien vernichtet werden, egal ob Fürst oder Bauer, egal ob Soldat oder Schreiner. Wenn wir nicht kämpfen, ist das das Ende.«

Das ist nicht wahr, dachte Johannes. *Gott hat uns nicht verlassen.*

Der Priester verließ das Rednerpult und verschwand in den Toren der Kirche. Teller und Löffel wurden abgeräumt, Tische und Bänke zurück an ihren Platz gestellt. Danach wurden die Männer eingeteilt. Die Jüngeren sollten Pfeil und Bogen bekommen und die Katapulte bedienen, während die Älteren zur Patrouille eingeteilt wurden und Speere bekamen. Jakob und Johannes wurden zur Nachtpatrouille eingesetzt. Viele der jungen Männer sollten über den Tag notdürftig ausgebildet werden, während die älteren Holzhacken geschickt wurden. Alle anderen Arbeiten wurden von den Burgbewohnern – insbesondere den Frauen – ausgeführt.

»Morgen stehen wir sicher nicht so früh auf«, sagte Johannes zu Jakob, während sie unter Beobachtung einiger Soldaten Äxte an sich nahmen und sich mit drei Pferdekarren zu dem nahegelegenen Wald aufmachten.

Johannes spürte, wie seine gerade zu verheilen beginnenden Wunden an den Füßen wieder aufrissen, und grunzte genervt. Ihm war klar, dass er später irgendwo seine Wunden reinigen musste, wenn sie sich nicht entzünden sollten.

Der steinige Weg war mit einem Holzzaun befestigt; in der späten Dämmerung des Ankunftstages hatte er das nicht bemerkt. Ein leichter Wind wehte. Immer wieder schaute er zum Himmel, aber konnte nicht glauben, dass etwas anderes als Regen von dort herunterkommen würde.

War das eine Prüfung Gottes? Hatte sich der Priester geirrt?

Es war fast Mittag, als die Gruppe den Wald erreichte. Die Bäume wirkten verkrüppelt und farblos und es war ungewöhnlich still im Wald. Geruch nach Moos, aber irgendwie: schal? Als würde sich das Leben langsam zurückziehen. Die Männer machten sich an die Arbeit und fällten Bäume, bis sie schweißgebadet in der sengenden Sonne zurücklaufen mussten.

Als sie ankamen, gab es schon Essen und sie bekamen nur noch ein paar Reste ab. Johannes war müde, er hatte Schmerzen und wollte einfach zurück in sein Dorf, zurück dahin, wo er alles kannte. Er besorgte sich nach dem Essen einen Eimer Wasser, um seine Füße zu kühlen und zu reinigen. Auf der ganzen Burg verteilt übten Männer das Bogenschießen.

»Wie soll man das so schnell lernen? Das dauert doch Wochen«, sagte Jakob.

Johannes zuckte mit den Schultern und biss sich auf die Lippe, als er etwas Dreck aus den Wunden rieb. Ihm war nicht nach Reden zumute. »Kannst du ein Tuch besorgen?«

»Ich schau, was sich machen lässt«, meinte Jakob und verschwand aus Johannes' Blickfeld.

Ich bin für mein Leben genug gelaufen, dachte Johannes und blickte in die untergehende Sonne. Das Licht war nicht rötlich-orange, sondern schon fast ... violett. Der Himmel sah hier so anders aus.

»Die Patrouille meldet sich beim Wachhaus, wenn es dunkel ist!«, rief ein Soldat und Johannes schaute kurz auf, aber kümmerte sich dann wieder um seine Füße, bis Jakob mit einem frischen Leinentuch zurückkam.

Zuerst wischte Johannes die Bundschuhe aus, dann trocknete er sich selbst ab und schlüpfte hinein.

Die Männer stoppten ihre Übungen, gingen in die Schlafhalle, Johannes und Jakob folgten.

»Wie schaffst du das überhaupt?«, fragte Johannes. »Bluten deine Füße nicht?«

»Das neue Paar vor ein paar Wochen hat sich bezahlt gemacht.« Er grinste.

Ich schlag dir deine letzten drei Zähne raus.

Sie standen auf und gingen zum Wachhaus – nach und nach trudelten weitere Männer ein. Nachdem die verschiedenen Posten verteilt worden waren, war Johannes dankbar auf den Mauern patrouillieren zu dürfen. Wenn er in der Nacht die Wege zur Burg hätte kontrollieren müssen, hätten sie ihm nicht nur eine Fackel, sondern direkt ein neues Paar Füße geben können. Jakob kam mit; so war es zumindest kein Problem, wenn sie sich nichts zu sagen hätten.

Als die Einweisung beendet war, stiegen sie eine bereitgestellte Leiter hoch auf den hölzernen Wehrgang, welcher nur von einigen steinernen Plattformen unterbrochen wurde, auf denen jeweils ein Bogenschütze wartete. Mit jedem Schritt knarrte das Holz und durch die Lücken zwischen den Brettern in den Abgrund zu starren, machte das Gehen nicht einfacher.

Johannes wusste nicht, ob es ihn beruhigte oder beunruhigte, den Boden durch die Schwärze der Nacht nicht erkennen zu können.

»Wie sollen wir denn irgendwas sehen? Wenn der Feind in der Nacht einen Berg aufschüttet und eine Burg aufbaut, würden wir's nicht mitbekommen«, sagte er. *Das ist Schikane.*

Jakob brummte zustimmend.

Sie grüßten die postierten Bogenschützen knapp; diese saßen auch nur gelangweilt herum und inspizierten ihre Bögen, ihre Pfeile, den Stein, das Holz. Einer der neun Bogenschützen schlief, aber niemand machte Anstalten, ihn zu wecken. Er sah unruhig aus.

»Albträume«, murmelte Jakob.

Sie setzten sich dazu, streckten die Beine aus. Die Atmosphäre war unruhig, obwohl alles so still war.

»Willst du würfeln?«, fragte Jakob.

»Ich weiß nicht ...« Johannes zögerte nur kurz. »Na gut. Wie viel?«

»Ein Silber pro Runde?«

Johannes nickte und fühlte in seinen Taschen nach.

Würfeln war einfach. Beide warfen nacheinander mit zwei achtseitigen Würfeln. Die höhere Augenzahl gewann. Falls man ein Pasch hatte, verdoppelte man die Augenzahl noch einmal. Das war alles. Johannes fühlte sich unwohl, schuldig, aber auf der anderen Seite ... *Nur ein paar Runden. Da ist nichts dabei.*

Jakob würfelte eine Sieben und eine Vier. »Elf.«

Johannes griff langsam nach den Würfeln, wiegte sie in seiner rechten Hand und ließ sich alles nochmal durch den Kopf gehen. Er wollte sie gerade werfen, als sich plötzlich der schlafende Bogenschütze erhob.

»Gut geschlafen?«, fragte Jakob.

Der Bogenschütze starrte einfach geradeaus, völlig starr.

»Alles in Ordnung?«

Sie setzten sich auf und musterten den Bogenschützen eingehend. Keine Regung, keine Emotion, völlig kalt, als würde es sich um eine lebensechte Statue handeln. Doch dann verfärbten sich die Augen. Erst war sich Johannes unsicher, ob seine Sinne ihm einen Streich spielten, aber die Augäpfel des Mannes verfärbten sich grau und die Pupillen verblassten langsam. Als sie nicht mehr erkennbar waren, setzte der Bogenschütze ein Bein zurück, immer noch der Blick starr nach vorne, dann noch ein Schritt zurück, steif. Johannes wollte einen Schritt auf ihn zu machen, doch wie in Zeitraffer setzte der Bogenschütze mehrere Schritte hintereinander, bis er über die Brüstung in den Abgrund kippte. Ein dumpfer Aufprall, begleitet von einem Knacken.

Johannes ging zitternd bis zur Brüstung und sah nach unten. Nur Schwärze.

»Lass uns weiter«, sagte Jakob.

»Aber ... wir ...«

»Lass uns weiter«, wiederholte Jakob und griff nach Johannes' Arm, um ihn von der Brüstung wegzuziehen.

Sie gingen den Wehrgang entlang, niemand schien es bemerkt zu haben.

»Wir müssen doch den Soldaten ... Die Augen ...«

»Wir können nicht erzählen, was passiert ist.«

»Das ist ...«

»Beruhig dich, Johannes. Du bringst uns noch in Teufelsküche. Wir werden melden, dass er nicht mehr auf dem Posten ist, sobald wir noch eine Runde gelaufen sind. In Ordnung?«

Johannes zögerte kurz. »In Ordnung.« Er verstand nicht, wie Jakob so ruhig bleiben konnte. *Hat er die verdammten Augen nicht gesehen?*

Ohne ein Wort zu wechseln, gingen sie weiter und versuchten bei jeder Plattform möglichst unauffällig zu wirken.

Mittlerweile war Johannes vollkommen von den Worten des Priesters überzeugt. Irgendetwas Schlechtes ging hier vor sich.

Nachdem sie eine weitere Ellipse hinter sich gelassen hatten, stiegen sie am nächstmöglichen Punkt hinunter und trotteten zum Wachhaus. Auf einem Fass würfelten zwei stämmige Kerle.

Johannes hielt sich etwas abseits.

Jakob übernahm das Reden: »Der Bogenschütze auf der Plattform da ist weg.« Er zeigte dorthin.

»Wo is' er hin?«

Jakob zuckte mit den Schultern.

»Adelbart war das, oder?«, fragte der eine und sah zu seinem Kameraden.

»Ich kann mir das nicht merken.«

»Wir schicken wen anders. Der is' abgehauen. Wenn man den erwischt, knüpft man den auf. Scheißdreck.«

Eine unangenehme Stille entstand und Jakob und Johannes schritten zurück und stiegen wieder auf die Wehrgänge.

»Hoffentlich drehen wir nicht auch noch durch«, murmelte Jakob und sah zum Halbmond, der wie ein höhnisches Grinsen am Himmel prangte.

Nach der Ablösung fiel Johannes in einen kurzen und traumlosen Schlaf, aus dem er mit einem Krachen gerissen wurde. Schreie, Panik.

Haben sie den Toten bemerkt?, dachte Johannes.

»Steh auf Johannes!«, rief Jakob ihm zu, der schon ein Dutzend Meter weiter war. »Komm jetzt!«

Es musste mehr sein, da war sich Johannes sicher und er rappelte sich benommen auf, lief Jakob entgegen. Er hatte nicht einmal Zeit, sich die Schuhe anzuziehen.

Jakob lief mit Johannes hinaus und zeigte auf den Auslöser der Panik: Es war nicht der Tote – die Kirche brannte! Aber irgendwie war da noch mehr, etwas stimmte nicht ... Johannes schritt näher auf die Kirche zu. Und dann sah er es. Der Stein brannte. Der Stein verbrannte zu Asche oder schmolz in sich zusammen. Johannes erstarrte, konnte sich nicht mehr bewegen. Das war zu viel.

Das Höllenfeuer ... Das ist das Ende.

Hinter und neben ihnen hatten sich nun hunderte Männer versammelt und betrachteten das Schauspiel. Raunen ging durch die Menge, Johannes hörte immer wieder, wie Männer davon sprachen, dass sie von einem großen Licht, einem unweltlichen Feuer geträumt hatten.

»Hast du es auch gesehen, in deinen Träumen?«, fragte ein Mann, den Johannes nicht kannte, und riss ihn aus seiner Starre. Der Mann hatte etwas Jüdisches an sich, was Johannes überhaupt nicht behagte.

»Ja ... natürlich, wie alle anderen auch«, murmelte er und wendete sich schnell wieder ab.

Nach einigen Minuten bildete sich eine Löschkette, aber egal wie viel Wasser auf das Feuer geschüttet wurde, es war zu stark: Die Kirche brannte bis zum Erdboden nieder.

Die Morgensonne strahlte über die Wehrgänge und tauchte alles in ein gespenstisches Dämmerlicht. Flankiert von zwei Soldaten stellte sich der Priester auf den Bereich, wo einmal die Kirche gestanden hatte. Alle Männer sahen ihm angespannt entgegen.

»Der Teufel hat uns heute unsere Kirche genommen, aber er nimmt uns nicht unseren Glauben! Die letzte Schlacht steht bevor! Wir werden eine neue Kirche bauen und wir werden dem Höllenfeuer trotzen! Zweifelt nicht! Der Herr ist mit uns!«

Mit diesen Worten verließ der Priester die Bühne. Bänke und Tische wurden auf den Platz vor der Schlafhalle getragen und Suppe wurde verteilt.

»Der Fürst hat sich noch nicht einmal blicken lassen, frisst sich voll in seinen Gemächern, ganz oben im Turm, während wir die Drecksarbeit machen«, sagte Jakob.

Johannes nickte und rührte lustlos in seiner Schüssel herum. Abstrakte Schatten zeichneten sich immer wieder in der Suppe ab.

»Hast du auch von dem Licht geträumt?«

»Ja, du nicht?«

»Doch!«, log Johannes, sprach etwas zu laut. Er hatte nicht geträumt, seit Tagen nicht mehr. Er fiel in eine Leere und wachte aus dem Nichts wieder auf. Warum träumte er nicht das, was die anderen träumten?

»Hoffentlich sieht es in den Dörfern besser aus. Wenn mein Hof abbrennt, kann ich mich im Morgengrauen aufknüpfen.«

Johannes legte den Löffel ab und sah Jakob in die Augen. »Beschwör es nicht.«

Jakob runzelte die Stirn, nickte dann aber. »Tut mir leid.«

»Schon gut. Aber wir haben schon genug Sorgen.« Johannes massierte sich die Schläfen. Er vermisste die Wärme seiner Frau. Er vermisste seine Kinder.

Schließlich stand er auf. »Ich hol meine Schuhe.« Er ging zur Schlafhalle, in der sich niemand aufhielt; alle aßen noch. Er überblickte das Stroh, die herumliegenden Beutel. Es tat gut, allein zu sein. Er ging zu seinem Platz, setzte sich und zog sich die Bundschuhe an. Seine Füße verheilten ganz gut. Sie taten immer noch weh, aber es war erträglich.

Johannes versicherte sich noch einmal, dass er allein war, dann kniete er sich hin, schloss die Augen, faltete die Hände. Das letzte Mal, dass Johannes gebetet hatte, war, als seine Frau seine Tochter gebar, da hatte er für einen dritten gesunden Jungen gebetet. Zumindest hatte Gott ihnen ein *gesundes* Kind geschenkt. Aber jetzt wusste Johannes gar nicht mehr, wofür er betete. Sicherheit? Dass alles wieder in Ordnung kommen würde? Es fiel ihm schwer, seinen Wunsch in Gedanken klar zu formulieren und er hoffte einfach, dass Gott schon verstehen würde.

Nach einigen Minuten stand er wieder auf, verließ die Halle, setzte sich wieder zu Jakob und aß weiter seine Suppe, die mittlerweile kalt geworden war. Bisher hatte er sich immer besser gefühlt, wenn er gebetet hatte, jetzt fühlte er sich leer. Er sah in den Himmel und wenn der Priester recht hatte, kam von dort nichts Gutes mehr. Wo war Gott jetzt? Im Wind, in der Erde? Wo war Gott, wenn nicht im Himmel?

Das Holzgeschirr wurde abgeräumt und die Bänke zurückgebracht. Kurz danach wurden die Männer damit beauftragt, eine neue Kirche zu errichten – oder besser gesagt, ein Provisorium für eine neue Kirche. Holz wurde von einem Ort zum anderen getragen, es wurde gesägt, gehämmert.

Johannes bemerkte, dass fast niemand sprach; nur die Kakophonie der Arbeit dröhnte durch die Burganlage. Zwar waren alle beschäftigt, aber sie warteten auf das prophezeite Ende.

Ist die Kirche zu Hause auch abgebrannt? Müssen sie gerade auch eine neue bauen?

Vor seinem inneren Auge arbeiteten hunderte Männer in hunderten Dörfern an hunderten Kirchen. Die Zeit verstrich schnell. Heute musste Johannes keine Wache halten, Jakob auch nicht, weswegen sie sich früh hinlegten. Der Rücken schmerzte, die Füße schmerzten und Angst begleitete sie in den Schlaf.

Johannes wachte auf. Schritte. Ganz leise. Er hielt den Atem an, sein Herz hämmerte so stark, dass er Angst hatte, dass man es hören konnte. Niemand durfte bemerken, dass er wach war. Er öffnete die Augen und sah, dass einige junge und mittelalte Männer aus der Halle schlichen. Ein Fluchtversuch. Mit einem Mal fiel die ganze Anspannung von ihm. Er drehte sich zur Seite und schloss die Augen wieder. Damit wollte er nichts zu tun haben, und es erst recht nicht melden.

Beim morgendlichen Essen gab es diesmal Brot und Dinkelbrei und Johannes hatte das Gefühl, mehr oder weniger satt zu werden.

»In zwei Monaten hätten wir die Schweine schlachten können«, sagte Jakob.

Johannes schwieg und aß weiter seinen Brei.

»Sieben Leute haben sich in der Nacht umgebracht,

erzählen die Leute. Paar mehr sind desertiert.«

»Ist doch egal«, brummte Johannes und sah in den Himmel, der falsch wirkte, verzerrt.

»Glaubst du, die waren auch besessen, so wie ...«, Jakob beugte sich vor, flüsterte, »... so wie der Bogenschütze?«

»Ich weiß nicht, was ich noch glauben soll«, murmelte Johannes.

»An Gott ... Wer soll uns sonst retten?«

Johannes sah Jakob in die Augen. »Wie kann Gott im Himmel sein, wenn daraus das Böse kommen soll?«

»Beruhige dich, Johannes«, murmelte Jakob und wendete stirnrunzelnd den Blick ab.

»Wir sind hier alle allein. Ob mit oder ohne Gott.«

Jakob spuckte auf den Boden, stand auf und ging. Kopfschmerzen von der entsetzenden Warterei. Irgendwie tat es Johannes leid, aber auch nicht wirklich. Ihm tat die Reaktion leid, nicht die Sache an sich. Er massierte sich die Schläfen, versuchte all das auszublenden, sehnte sich nach Stille, Ruhe ... Frieden.

Wenig später wurden die Männer wieder zum Kirchenbau geschickt. Während er zum Platz lief, bekam Johannes mit, wie die Selbstmörder auf einem Karren aus der Stadt gebracht wurden. Er blieb einige Momente lang stehen, bis der Karren aus seinem Blickfeld verschwunden war, und ging dann weiter. In Gedanken versunken packte er mit einem Jungspund eines der Bretter und wollte es zu dem Gerüst hieven, doch er stolperte, fiel, das Brett krachte auf sein Bein. Das Knacken des Bruchs hörte er nicht, denn ein brennender Schmerz schoss von seinem Bein durch seinen ganzen Körper und machte jeden Gedanken unmöglich. Seine Hose war aufgerissen und Blut sickerte in den Stoff.

Zwei Männer eilten herbei, um das Brett zu entfernen; wenig später wurde Johannes auf eine Trage gelegt. Am Rand der Burg wurde ein dürftiges Lazarett betrieben, zu dem Johannes gebracht wurde. Bei jeder kleinen Erschütterung musste er sich auf die Lippe beißen, um nicht loszuschreien.

»Schmeißt mich zu den Selbstmördern, wenn ich nicht mehr laufen kann.«

»Halt's Maul, sonst läufst du.«

Nachdem Johannes hereingetragen wurde, musste er auf ein Tuch beißen, wurde festgehalten und der Arzt fing an, den Bruch zurechtzurücken. Dann wurde alles dunkel.

Johannes schwitzte stark, als er aufwachte. Es roch nach Pisse und alles lag im Halbdunkel. Nur der Vollmond spendete etwas Licht.

Ist schon Vollmond?

Er schaute an sich herunter und sah, dass sein Bein mit dicken Leinentüchern umwickelt worden war und immer noch schmerzte. Wenn er nicht mehr laufen konnte, wollte er auch nicht mehr leben. Dann konnte sein Hof auch niederbrennen, er wüsste als Krüppel sowieso nichts mehr damit anzufangen. Er war noch nie zu einem Arzt gegangen, die meisten, die er gekannt hatte, hatten einen Arztbesuch auch nicht überlebt; die Geburten seiner Frau hatte er selbst begleitet – das ging niemanden etwas an.

Jemand im Zimmer murmelte wirres Zeug vor sich hin; vielleicht war er der nächste, der sich umbringen würde. Es war zu finster, um ihn richtig zu sehen.

Johannes schluckte, starrte an die Decke und versuchte wieder einzuschlafen, aber es gelang ihm nicht. Still lag er da, lauschte den Wortfetzen, bis die Sonne aufging und den Raum erhellte.

Einige Zeit später kam ein Soldat herein, gab ihm eine Suppe, Johannes aß.

»Du kannst nicht hierbleiben, wir brauchen jeden Mann.«

»Ich kann nicht laufen.«

»Du wirst im Wohnturm Wache halten, schauen, wer da ein- und ausgeht. Kannst du schreiben?«

»Ne.«

»Egal.«

»Habt ihr keinen?«

»Hat sich ... wir wissen nicht ganz wie, aber Aberlin, also die Wache, naja ... der hat sich selbst ertränkt«, sagte der Soldat und Johannes hörte auf zu essen, legte die Schale zur Seite. »Niemand kann sich das erklären, aber er hat seinen Kopf in die Suppe gesteckt und nicht wieder rausgeholt. Ekelhaft.«

Johannes wurde übel. »Wie ... wie kann ...«

»Der Priester sagt, der Teufel hat von ihm Besitz ergriffen, der Arzt sagt, seine Säfte wären in ein so großes Ungleichgewicht geraten, dass ... Ach, ich weiß auch nicht. Kannst du schon stehen?«

»Ne ... noch –«

Der Soldat verließ den Raum und Johannes betrachtete den Murmler genauer; dieser erwiderte die Blicke. Die Haare waren zerzaust, tiefe Augenringe. Johannes wendete den Blick ab. Er war froh, diese Chance zu bekommen. Er hatte Geschichten gehört, dass Fürsten geheime Notfalltunnel hatten – vielleicht könnte er dadurch fliehen, wenn es so weit war, und zurück zu seiner Familie gelangen. *Hoffentlich.*

Stille. Dann wieder Schritte.

Der Soldat kam mit zwei Krücken zurück. Johannes setzte sich auf und griff danach.

»Meld dich beim Wohnturm, sag, dass du eingeteilt bist. Der Arzt wird irgendwann nach dir sehen.«

Johannes nickte, der Soldat nahm die Suppenschüssel und verschwand. Einige Zeit brauchte er noch, um seine Gedanken zu ordnen, und so blickte er nach unten und ihm fiel etwas Sonderbares auf: Die Falten, die das Leinentuch warf, auf dem er gelegen hatte und womit er auch zugedeckt worden war, waren seltsam gleichförmig; konkrete klare Abstände. Weil er den unnatürlichen Anblick unheimlich fand, strich er das Tuch so glatt wie möglich. Er sah zur Tür, setzte seinen linken Fuß auf den Boden, abgestützt auf den Krücken, winkelte den anderen Fuß leicht an und bewegte sich aus dem Krankenraum heraus in die gleißende Sonne. Seine Augen brannten, aber er zwang sich, sie offen zu halten. Er sah in den Himmel und dann zu der provisorischen Kirche, die immer mehr Gestalt annahm. Auch wenn er jedes Mal, wenn er auftrat, Schmerzen hatte, ging er weiter. Er musste für seine Familie durchhalten.

Der erste Abend auf seinem Posten verlief ereignislos. So gut wie niemand bewegte sich in den Wohnturm hinein oder aus dem Wohnturm heraus. Durch ein kleines Fenster konnte er nach draußen sehen, wenn er den Kopf nach oben reckte. Aber hinter ihm war die Wachstube, die zwar kalt, aber sauber und – was er noch mehr schätzte – nur für ihn war. Wenn er gewusst hätte, dass er ein kleines Zimmer für sich haben könnte, hätte er sein Bein mit den eigenen Händen gebrochen. Es war langweilig und also friedlich und er hatte das Gefühl, von dem Geschehen draußen, *dem Wahnsinn*, zumindest teilweise abgeschirmt zu sein.

Ihm wurde die Abendsuppe von einer der Wachen gebracht, als die Sonne langsam unterging. Draußen lärmte es, aber es interessierte ihn nicht.

»Schau dir das an, die Leute werden gehängt«, sagte die Wache und zeigte auf das Fensterloch. »Alle haben davon geträumt. Und jetzt versammeln sich hier mehr als beim Gottesdienst.« Er spuckte auf den Boden.

»Ich muss das nicht sehen«, sagte Johannes und aß weiter seine Suppe.

»Schau's dir an, Krüppel, komm!«, meinte der Kerl und packte Johannes am Arm.

»Jaja, in Ordnung.« Johannes setzte sich schwerfällig auf.

Ein Podest war aufgestellt worden, 12 Männer standen dort. Vor ihnen die Männer aus den Dörfern, die sie anstarrten.

Johannes konnte nicht sehen, was in ihren Gesichtern lag. Schaulust? Angst? Schadenfreude? Mitleid?

»Alle geflohen, aber nich' mit uns!«

Nacheinander wurden den Männern die Seile um den Hals gelegt. Johannes schloss die Augen, die Wache ließ ihn gewähren. Plötzlich wurde es still in der Menge. Dann das Geräusch der plötzlich gespannten Seile. Johannes atmete tief ein und aus. Er hätte da auch dort hängen können, wenn er mutiger gewesen wäre, das wusste er.

Die Dunkelheit gab ihm ein Gefühl von Sicherheit. Er spürte den Wind von draußen, aber nur leicht. Doch dann durchzog ihn eine Gänsehaut, als er ein Singen hörte, ein seltsam-abstrakter Gesang in einer Sprache, die er nicht kannte. Und dann Schreie, Rennen. Er wollte die Augen nicht öffnen, aber er musste. Die Männer sangen. Stocksteif schwangen sie noch an den Seilen, aber sie sangen mit weit aufgerissenen Augen. Der Henker stach dem ersten Mann in den Bauch, aber es änderte sich nichts. Mehrere Wachen holten die Gehängten herunter, aber sie sangen weiter.

Hat Gott diesen Ort verlassen? Er blickte zur Wache.

Diese bemerkte seinen Blick und sah zurück. »Das Ende ist nah.« Die Wache öffnete die Tür, trat hinaus und war kurz nicht mehr zu sehen.

Johannes spürte keinen Wind mehr. Nichts bewegte sich. Doch dann trat die Wache wieder in Erscheinung, in den Händen ein schwerer Hammer. Mit schnellen Schritten ging sie auf das Podest zu, hob den Hammer und ... Johannes konnte nicht mehr hinsehen. Aber das Singen verstummte.

Ungelenk setzte er sich auf seinen Stuhl und wollte beten, aber brach mittendrin ab. Er konnte nicht.

Ihm wurde morgens kein Essen gebracht, stattdessen weckte ihn der Arzt unsanft aus einem traumlosen Schlaf, wickelte die Leinentücher ab, brummte kurz und umwickelte das Bein wieder. Als der Arzt wieder verschwunden war, hatte Johannes das Gefühl, dass sein Bein noch mehr schmerzte, aber vielleicht musste das auch so sein. Er schleppte sich mit nur einer Krücke nach draußen zum morgendlichen Essen – damit er mit der freien Hand die Schüssel halten konnte – und suchte nach Jakob. Dieser saß weit abseits, alleine und sah übermüdet aus. Johannes bewegte sich auf ihn zu und ließ sich auf das Ende der Bank fallen. Jakob grüßte nicht.

»Wir müssen hier weg«, sagte Johannes.

»Wovon hast du geträumt?«

»Wie meinst du ...?« Johannes wich etwas zurück, soweit es eben ging.

»Wovon hast du geträumt?«, wiederholte Jakob. »Wovon hast du verdammt nochmal geträumt?«

Johannes sah Jakob lange an. »Nichts.«

»Alle träumen dasselbe und du träumst nichts. Alle haben den Gesang der Leute gehört, aber du ... du nicht. Wie kann das sein? Was macht dich anders?«

»Ich weiß es nicht ...«

Jakob schlug auf den Tisch und stand auf. »Was weißt du?!«

Johannes fühlte sich schutzlos, da Jakob immer lauter wurde, doch dann brach er plötzlich ab. Ein hartes, rhythmisches Klopfen ging durch die Reihen. Johannes zuckte zusammen.

Vereinzelt schlugen Männer mit ihren Köpfen mechanisch auf den Tisch, immer und immer wieder. Blut lief über die Gesichter und sie schlugen ihre Köpfe wieder auf den Tisch, wieder und wieder und wieder und wieder und wieder ...

Man versuchte die Männer aufzuhalten, zu stoppen, aber sie hörten nicht auf.

Und dann fingen die Schreie an. Aber diesmal war es anders, es waren die Schreie des Endes. Die Schreie im Höllenfeuer. Johannes blickte in den Himmel.

Entsetzen.

Chaos.

Die Ankunft.

Der Himmel teilte sich, ein dunkler Riss ging hindurch und von dessen Rändern sickerte violette Farbe durch das ganze Firmament. Die Wolken lösten sich auf und es donnerte und blitzte. *Das Ende.*

Die eben noch klopfenden Köpfe zerplatzten nacheinander, aber es gab kein Geräusch. Alle rannten, alle griffen nach Waffen, alle schrien, aber es war still, niemand hörte niemanden. Jedes Geräusch wurde vom Himmel erstickt.

Dann brach etwas aus dem Riss hervor: Eine Kugel, gigantisch, selbst aus der Ferne bedeckte sie einen Großteil des Himmels, die Welt wurde dunkler. Langsam schwebte sie nach unten und riesige Zeichen, Symbole, Runen blitzten in sich drehenden Ringen um die Kugel. Und plötzlich wieder Geräusche, alles kehrte schlagartig zurück.

Johannes sah sich panisch um, sah, wie Männer Katapulte spannten und mit Pfeil und Bogen auf die Kugel schossen. Die Pfeile kamen nicht mal in die Nähe, sondern gingen hinter den Stadtmauern hernieder.

Ist das Gott ... oder Satan?, dachte Johannes, konnte seinen Blick nicht abwenden.

Im Augenwinkel bekam er mit, wie Jakob nach den Waffen griff. Er wusste, dass er hier sterben würde, er musste weg. Panisch stolperte er zurück zum Eingang, fiel, und als hätte dieses Fallen es verursacht, löste sich über ihm ein Lichtstrahl. Ein ohrenbetäubendes Krachen ertönte, Johannes' Ohren klirrten. Er drehte seinen Kopf und sah, was passiert war: Ein Loch war in die Stadtmauer gerissen worden, Bruchstücke hatten mehrere Männer getroffen. Er stand langsam auf, belastete sein gebrochenes Bein, biss die Zähne zusammen, Tränen in den Augen, packte die Krücke und humpelte zum Wohnturm. Wenn er eine Chance hätte, dann dort.

Er wich den Männern aus, hörte die Schreie, sah plötzlich wieder das gleißende Licht, hörte das zerstörerische Krachen, aber er musste weiter, musste weg. Es wurde finster, die Kugel hatte sich komplett vor die Sonne geschoben, Johannes versuchte dem Schatten zu entkommen. Er erreichte den Zugang des Wohnturms, humpelte hinein und drückte unbeholfen das Tor zu. Mit dem letzten Blick durch den Spalt, sah er wie Katapulte und Pfeile wirkungslos an der Kugel abprallten; die verschlungenen Ringe drehten sich so schnell, dass er die Runen nur noch schemenhaft erkennen konnte. Er holte aus seiner Kammer seine zweite Krücke und ging den Gang entlang, den er vorher nie gegangen war. Es war still hier, nur von draußen hörte er Lärm.

Ist der Fürst schon geflohen?

Vor der Wendeltreppe waren links und rechts Türen, aber er wusste, dass der Fürst im obersten Stock lebte. Er stieg die enge Wendeltreppe hinauf, knallte immer wieder mit seinen Krücken gegen die Wände. Das Geräusch hallte durch den Wohnturm, kündigte ihn an. Außer Atem erreichte er die dritte Etage schließlich: Ein kleiner Vorraum mit einer hölzernen Tür vor der ein Hüne postiert war. Dessen imposante Rüstung wirkte in Anbetracht der Situation mehr als hinderlich.

»Was ist dein Begehr?«

»Ist der Fürst noch in seinen Gemächern?«, fragte

Johannes atemlos.

»Der Priester sagte, niemand soll das Zimmer betreten – der Fürst ist schwer krank.«

Johannes runzelte die Stirn. Davon hatte er nichts mitbekommen.

»Der Priester ist tot. Der Fürst muss fliehen. Draußen tobt die Apokalypse!«

»Ich habe strikte Anweisung als Leibgarde.«

»Er stirbt sonst. Und du folgst ihm auf dem Fuße.«

»Ich ...«, setzte der Leibgardist an, aber brach direkt wieder ab und klopfte an die Tür. »Eure Hoheit?« Stille. »Eure Hoheit? Kann ich eintreten?«

Nichts geschah.

Johannes verlor die Geduld und er ging zur Tür, öffnete sie. Ein großer Raum mit viel Licht – all die Fensterläden waren geöffnet – und in der Mitte das Bett. Dort lag der Fürst.

»Er ist tot«, sagte Johannes tonlos und sog scharf Luft ein. Verwesungsgeruch.

Der Hüne keuchte; er sah entsetzt und verwirrt aus.

»Wer kam ihn besuchen?«

»Nur der Priester. Seit Wochen.«

»Wann hast du ihn das letzte Mal gesehen?«

»Auch vor Wochen.«

»Seine Frau?«

»Du bist nicht von hier.«

Johannes schüttelte den Kopf.

»Gestorben. Bei der Geburt. Anfang des Jahres.«

Plötzlich blitzte es vor den Fenstern auf und er hörte wieder wie draußen Stein zerfetzt wurde.

»Wir müssen hier weg«, sagte Johannes. »Gibt es einen Gang, einen Fluchttunnel, der uns sicher ...?«

»Im Angstloch.«

Wieder ertönte ein Krachen und die Wände zitterten. Für einen Augenblick hatte Johannes Sorge, dass der Turm umstürzen könnte.

»Ich kann nicht warten«, meinte die Wache.

Bevor Johannes irgendetwas sagen konnte, war der Leibgardist schon bei der Wendeltreppe. Panik stieg in Johannes auf und er stolperte der Wache hinterher. Draußen wurde der Lärm schlimmer, immer häufiger hörte er lautes Krachen, aber immer weniger Schreie.

Er war gerade auf dem Weg zum Erdgeschoss, als ein Riss durch das Gemäuer ging und ein Licht ihn blendete. Stein zerbarst und regnete herab. Ein Brocken traf ihn am Kopf. Er verlor das Gleichgewicht, fiel die Treppe herunter und blieb schließlich irgendwo in einer grotesken Haltung liegen. Er dachte an Martha. Dachte an die Hochzeit, den Alltag, die Schweine, die Kirche, die Feste. Und dann sah er vor seinem inneren Auge einen brennenden Hof und seine toten Kinder, seine tote Frau.

Blut und Tränen vermischten sich, liefen in einem Rinnsal den Rest der Treppe hinunter.

Der Schmerz ließ alles schwarz werden.

Johannes war dankbar für die Stille.

2

Es war dunkel, als Johannes die Augen geschlossen hatte. Es war immer noch dunkel, als er sie öffnete. Noch war alles verschwommen, seine Wahrnehmung kehrte nur langsam zurück und zuerst war da nur Schmerz, Schmerz, der seinen Körper vollkommen einnahm. Er atmete tief ein, hustete. Staub und Dreck. Angst stieg in ihm auf.

Lebendig begraben?

Erst begann er, sich vorsichtig nach oben zu graben, dann wurde er panisch. Seine Finger schmerzten, die Haut riss auf. Er atmete hektischer, atmete den Dreck ein, wurde noch panischer, und dann ein schwaches Licht, das seine Netzhaut verbrannte, er musste die Augen schließen, aber weiter und dann ein leichter Wind an den Fingern. Er beruhigte sich für einen Moment.

»Komm raus, Johannes, komm zu uns«, hörte er seine Frau dumpf von oben.

Er schluckte, schaler Geschmack auf der Zunge, und grub weiter.

Sie lebt? Sie ist hier?

»Vater. Komm zu uns.« Die Stimmen seiner Söhne.

»Helft mir!«, wollte Johannes rufen, aber aus seiner Kehle kam nur ein heiseres Kratzen und er grub sich hinaus, spürte, wie Blut seine Finger herunterlief, presste sich mit den Beinen hoch und ein unglaublicher Schmerz fuhr durch sein gebrochenes Bein. Er sah mehr Licht, aber es war fahl. Über ihm war nur Grau.

»Helft mir raus!«, sagte Johannes und kämpfte mit seiner Stimme. »Helft mir hier raus!«

Niemand kam. Jetzt war es still.

Johannes schaffte es schließlich nach oben.

Irgendwie hatte er überlebt. Er griff nach seinem Kruzifix, aber es war verschwunden. Er wollte glauben, dass Gott ihn gerettet hatte, aber Gott war nicht hier.

Hier war niemand.

Johannes musste sich setzen, weil die Schmerzen im Bein zu schlimm wurden, und blickte über die Ebene. Ein einziger Schutthaufen. Dichter Nebel lag in der Luft. Er hatte Schwierigkeiten, weiter als zehn Meter zu sehen. Kurz blickte er in den Himmel, aber er wusste, dass er von dort nichts Gutes mehr erwarten konnte.

»Wo seid ihr?«, rief Johannes. »MARTHA!«

Keine Antwort. Spielte ihm sein Verstand Streiche?

Alles war fahl, fahler Geschmack auf der Zunge, ein fahles Bild, ein fahler Geruch. Und auch er selbst war fahl geworden, seine Haut sah seltsam grau in dem Licht aus.

»KOMMT HER!«

Tränen tropften auf die Trümmer. Er sah nach unten und überall zwischen Staub und Dreck lagen die Toten, starrten mit leerem Blick ins Nichts.

»Jakob?«, rief Johannes.

Er rief nacheinander andere Namen, Namen, die er kannte, Namen, die er einmal gehört hatte, aber nichts rührte sich.

Er glaubte nicht, dass seine Familie noch im Dorf war, er wusste nicht einmal, ob sie überhaupt noch lebte, aber sonst konnte er nirgendwohin.

Den ersten Speer, den er fand, packte er und versuchte, auf dem Stein, dem Holz, den Leibern nicht zu stolpern. Angestrengt watete er durch die tote Masse, die ihn anklagend ansah. Er wusste, dass er nicht leben sollte, nicht leben durfte, aber irgendetwas hatte ihn gerettet ... aber wenn es Gott war, dann war es ein strafender Gott, ein vernichtender Gott.

Allmählich lichtete sich der Nebel ein wenig und er konnte weiter in die Ferne sehen, aber das Ende des Trümmerfelds war immer noch nicht abzusehen. Es gab keine Tageszeit, Johannes wusste nicht, ob der Mond oder die Sonne gerade auf ihn schien. Irgendwann wurden die Körper weniger und immer häufiger hatte er Stadtboden unter seinen Füßen. Nichts stand mehr, alles war dem Erdboden gleichgemacht worden.

Es fing an zu regnen. Als würde die Erde gereinigt werden. Aber Johannes wusste, dass diese Welt nie wieder gereinigt werden würde.

Johannes legte sich auf den Boden und schlief ein.

Das Schwein schaut mich mit seinen dummen Augen an und sagt: »Schlachte mich, denn das Ende ist nah. Im Jahre 3837 des Herrn kommt die Apokalypse. Sie haben es verschwiegen, sie wussten es immer.«

»Wer?«, frage ich.

»Die Priester. Sie wussten es! Schlachte mich, denn das Ende ist nah und nur der Tod ist die Rettung, denn in der Apokalypse ist selbst der Tod ein anderer.« Das Schwein schreit auf. »Schlachte mich, schlachte mich, schlachte mich, schlachte mich, schlachte mich.«

Und ich steche zu.

Als das Messer die Haut des Schweins durchdrang, wachte Johannes verschwitzt auf. Es war nicht dunkel geworden, es war nicht hell geworden, die Welt hatte sich nicht weiter geändert. Johannes wusste nicht, ob er eine Stunde oder zehn geschlafen hatte. Als hätte sich mit der Ankunft der Kugel die Zeit von der Welt gelöst. Heute, was auch immer das bedeutete, wollte Johannes den Fuß des Berges erreichen. Er humpelte den Weg hinunter und dachte daran, dass er vor nicht allzu langer Zeit hier langgegangen war, um Holz zu hacken. Wenn es nicht der einzige Pfad zur Burg gewesen wäre, hätte Johannes auch nicht gewusst, ob er den richtigen Weg gewählt hatte. Der Nebel hatte sich noch weiter gelichtet und er konnte jetzt die Ebene unter sich sehen und in der Ferne das Dorf. Nirgendwo bewegte sich etwas. Er hatte das Gefühl, der letzte Mensch zu sein.

»Ist jemand hier?«, rief Johannes und dann verstummte er, lief langsam weiter.

Irgendwann kam er bei der Brücke an. Das Flüsschen war vertrocknet und er stieg herunter. In dem Flussbett ruhte er sich etwas aus. Er hatte Angst zu schlafen, aber nickte dann doch ein.

Schwarzes Blut fließt aus dem Schwein und meine Familie, die ich nicht bemerkt habe, eilt herbei, labt sich daran, leckt es auf. Ich spüre, dass ich mich übergeben muss, drehe mich weg, würge etwas hoch. Schwarzes Blut.

Johannes schreckte hoch. Seine Brust schmerzte vor Angst und er hatte Schwierigkeiten zu atmen. Als er sich langsam erholte, kroch er aus dem Flussbett und machte sich auf, um den letzten Rest des Weges zu bestreiten. An seiner Kleidung klebte immer noch der Schmutz der Schlacht, die Asche des Ruins.

Je näher er dem Dorf kam, desto langsamer wurde er. Es schien verlassen, tot. Auch hier schien es, einen Kampf gegeben zu haben – mehrere Häuser waren zerstört; es sah schlimm aus, aber nichts im Vergleich zur Burg.

Wenn dasselbe Massaker auch hier stattgefunden hätte, hätte Johannes keinen Grund mehr zum Leben gehabt. Er hoffte, dass seine Familie noch am Leben war und falls dem nicht so war, konnte er die Wahrheit ruhig hinauszögern.

Er humpelte auf den Platz vor der Kapelle. Ein paar Schweine liefen herum, es konnten seine Schweine sein, vielleicht auch die von Jakob. Als er sein zerstörtes Haus sah, flossen Tränen über seine Wangen. Es hatte seinem Vater gehört und dessen Vater und wahrscheinlich auch dessen Vater. Das war seine Familie gewesen. Aber etwas in ihm wollte nicht aufgeben, er konnte nicht glauben, dass seine Frau und seine Kinder tot waren.

»Johannes?«, hörte er eine kratzige Stimme hinter sich.

Er drehte sich um und sah Ulrich, Jakobs Vater.

»Lebt Jakob?«

»Ich weiß es nicht. Aber ...«

Der alte Mann nickte. »Waren sie ... diese ... Wesen auch dort?«

»Die Kugel ...«

»Sie ist hier nur vorbeigeschwebt, aber ... diese ...«

»Was meinst du?«

»Hast du sie nicht gesehen?«

Johannes schüttelte den Kopf.

»Ich ... ich kann sie nicht beschreiben. Es war nur eine kleine Gruppe, aber sie haben das halbe Dorf erledigt.« Jakobs Vater spuckte auf den Boden. »Aber deine Frau und die Kinder waren schon weg. Sie leben vielleicht noch ... vielleicht.«

»Wohin sind sie?«

»Komm erstmal mit ins Haus. In deinem Zustand wirst du sie nicht einholen.«

Erst wollte Johannes etwas einwenden, aber er wusste, dass der alte Mann recht hatte. Er hatte ewig nichts mehr gegessen oder getrunken. Jeder Atemzug schmerzte. Aber erst in diesem Moment nahm er das wirklich wahr.

Er folgte Ulrich in Jakobs Haus, das zur Hälfte zerstört worden war; als hätte man mit einem riesigen Hammer einfach die eine Seite dem Erdboden gleichgemacht. Es war seltsam an dem Tisch zu sitzen, jeder könnte einen sehen, aber er fühlte sich trotzdem nicht beobachtet, denn hier war ja niemand.

Ulrich holte eine Schale Bier und etwas Pökelfleisch. Eilig machte Johannes sich darüber her.

»Ich würde dir ja mehr anbieten, aber ich kann nicht.

Alles andere ist verdorben. An den Bäumen hängen nur noch faulige Früchte.«

»Kam das auch mit diesen Wesen?«

»Ja.«

»Wie sehen sie aus? Was haben sie getan?«

Der Mann schüttelte nur den Kopf. Als wäre der Anblick ein privates, scheußliches Geheimnis. Dann schüttete er noch etwas Bier in die Schale.

»Einige sind zum Gasthaus gegangen, das am Wald. Sie dachten, dass sie abseits der Städte und Dörfer sicher sind. Ich weiß nicht, ob das stimmt.«

Johannes kannte das Gebäude. Er hatte jedes Jahr ein paar Schweine an den Wirt verkauft.

»Aber nun trink aus und such deine Familie. Ich werde bald hier sterben. Wenn du Jakob ...« Er runzelte die Stirn. »Er ist tot. Ich weiß es. Aber du lebst ... Ich hab noch ein paar Krücken hier.« Er verschwand kurz und kam mit zwei Krücken zurück.

Johannes nahm sie entgegen. »Danke für alles.« Er trank aus und verließ das halbe Haus. Jedes Mal, wenn er sich umdrehte, sah er, dass der alte Mann ihm noch immer hinterherstarrte.

Das Dorf hinter sich zu lassen, deprimierte Johannes noch mehr. Er musste weiter, ihm blieb sonst nichts.

Die Krücken waren etwas zu kurz, aber es war besser als mit dem Speer, auch wenn er sich jetzt noch schutzloser fühlte.

Er bewegte sich schnell und achtete nicht auf die Umgebung, achtete kaum auf die Stimmen, die wieder zu ihm sprachen. Anfangs hatte er sich noch umgeschaut, aber bald verstanden, dass seine Familie, falls sie noch lebte, ganz woanders sein musste.

Auch wenn ihn das Bier für kurze Zeit gestärkt hatte, holte ihn die Schwäche wieder ein. Seine Sicht verschwamm, die Welt löste sich vor, hinter, neben ihm in Nebel auf.

»Vater, komm zu uns. Komm in den Wald.«

Ein kurzer Blick nach rechts in das Grau zwischen den grotesk-verzogenen Stämmen. Es war dann doch die Hoffnung, die sich durch die Taubheit schälte, obwohl sie immer wieder enttäuscht wurde. Aber dann ein Hoffnungsschimmer, der nicht direkt verflog. Zwischen dem Nebel tauchte das Gasthaus auf. Durch das seltsame Licht sah es anders aus, aber es war das Gasthaus, da war er sich sicher.

Johannes bewegte sich schneller, trat unvorsichtiger auf. Er hörte Geräusche, hörte Leben, echtes Leben. Er kam an der Tür an, aber sie war verriegelt, also klopfte er. Plötzlich wurde es still im Innern. Johannes rief nach seiner Familie und tatsächlich: Einige Augenblicke später wurde zaghaft geöffnet und Johannes wurde hereingelassen.

Wärme, stickige Luft. Im Kamin brannte ein großes Feuer und fast drei Dutzend Menschen standen auf engem Raum zusammen, starrten ihn an. Hinter ihm wurde die Tür verschlossen und eilig verriegelt.

»Johannes?«, rief Martha.

Sein Blick ging nach links und er sah, wie seine Frau, mit dem Säugling auf dem Arm, und seine Söhnen zu ihm liefen. Umarmungen. Johannes weinte und merkte es nicht mal. Es war vollkommen irreal für ihn. Seine Familie lebte. Nichts anderes war jetzt wichtig, nichts anderes, nur die Wärme der Familie.

Martha nahm Johannes an der Hand und sie gingen eine Treppe hoch auf eines der Zimmer. Die Kinder blieben unten.

»Hier schläfst du mit den Kindern?«, fragte Johannes und betrachtete das enge Bett. Nur fahles Licht schien durch ein paar Ritzen an der Wand.

Sie nickte.

Er legte die Krücken ab und ließ sich ächzend auf das Bett fallen. Sie setzte sich neben ihn. Er konnte nichts sagen, starrte sie nur an. Sie war echt. Sie war lebendig.

Jetzt spürte er all die Schmerzen, all die Angst, all die Erschöpfung über ihn herfallen.

»Leg dich schlafen. Du siehst schlimm aus.«

Johannes legte seinen Kopf auf den Schoß seiner Frau, schloss die Augen und schlief ein, während sie ihm durch die Haare strich.

Als Johannes aus traumlosen Schlaf erwachte, hatte er Panik. Niemand war im Zimmer. Angst beschlich ihn, Angst, dass er sich alles eingebildet hatte.

Aber der Raum war da. Und das beruhigte ihn.

Vor allem waren die Geräusche da, hinter der Tür und unter ihm. Er stand auf, aber vorsichtig, als könnte seine Realität in jedem Moment zerbrechen, wenn er eine zu schnelle Bewegung machen würde. Langsam drückte er die Klinke herunter, aber im gleichen Moment wurde sie auch von der anderen Seite heruntergedrückt und Matthias, sein Sohn, kam herein.

»Mutter sagte, ich soll nach dir sehen. Die Männer brauchen dich, sagte sie.«

»Wo ist sie?«

»Schneidet Gemüse in der Küche.«

Er sah seinen Sohn lange an. Er wollte irgendetwas sagen, aber konnte nicht. Wortlos nahm er die Krücken, verließ den Raum, ging nach unten in die Küche.

Martha legte das Messer zur Seite. »Du hast lang geschlafen.« Sie nahm eine Holzschüssel und gab etwas Brei hinein und stellte sie mit einem Becher Wein auf einen nahegelegenen Tisch. »Setz dich. Iss.«

Johannes setzte sich, sie setzte sich gegenüber.

»Wir dachten, du bist tot«, sagte sie.

Johannes nickte, aß. »Wie habt ihr überlebt?«

»Der Priester der Burg und ein paar Männer sind zum Dorf gekommen, wir sind direkt mitgegangen und haben hier gerastet. Der Priester und ein paar andere sind weitergegangen, wollten zum Hafen, aber die meisten sind ...«

Ein Klopfen. Johannes drehte sich um und sah einen Mann im Türrahmen.

»Wir müssen los«, sagte der Mann. »Wir wissen nicht, wie lange dieser Nebel anhalten wird.«

Für immer, dachte Johannes, aber sagte nichts.

Er ließ sein Essen stehen und schritt mit dem Mann nach draußen. Es war kalt. Der Nebel war so dicht, dass er keine fünfzig Fuß weit sehen konnte.

Es waren acht Männer, er kannte zwei Gesichter aus seinem Dorf und nickte ihnen zu. Aber einige weitere kannte er auch von der Burg.

Den Mann, der die Ansagen machte, hatte Johannes aber noch nie gesehen.

»Das nächste Dorf ist ungefähr in diese Richtung«, sagte der Mann, mit dem Johannes rausgegangen war, und zeigte irgendwo in den Nebel hinein. »Das hat der Wirt gesagt. Wenn man morgens losgeht, ist man mittags da. Vielleicht finden wir dort was, was uns helfen wird, Vorräte, Waffen.« Er wendete sich zu Johannes. »Schaffst du das?«

Johannes nickte und die Gruppe ging los. Er hatte Schwierigkeiten, Schritt zu halten, aber sie kamen trotzdem schnell voran. Es wurden nur wenige Worte gewechselt, die Anspannung war fast greifbar. Seinem Bein ging es schon besser – der Bruch war wohl nicht allzu schlimm. Der Marsch schien endlos ins Nichts zu gehen, bis irgendwann tatsächlich Umrisse von Häusern sichtbar wurden. Johannes war müde.

»Setz dich auf den Stein da«, meinte der Gruppenführer. »Schrei, wenn du irgendwas siehst. Du bist unser Wachposten.«

»Habt ihr eine Waffe für mich?«

Der Mann schüttelte den Kopf und Johannes setzte sich, sah zu, wie die Männer im Nebel verschwanden, und starrte dann ins Grau – für etwas anderes war er jetzt auch nicht mehr zu gebrauchen. Er konnte nicht besonders viel tragen, da er sich mit beiden Händen auf die Krücken stützen musste. Das behagte ihm nicht. Jeder würde sich selbst etwas einstecken, jeder würde schauen, dass es seiner Familie am besten ging; da wäre er ja nicht anders.

Immer, wenn er ein Geräusch hörte, schaute er sich kurz um. Aber alle kamen aus dem Dorf, das er nicht einmal richtig sehen konnte. Ihm knurrte der Magen und er hatte Durst. Er war nicht zu seiner Familie gekommen, um gleich wieder zu gehen. Er fühlte sich unnütz, aus Mitleid als Wachposten eingeteilt, damit er zumindest irgendetwas tat. Was sollte er die nächsten Tage tun? Bei den Frauen Rüben schälen? Hoffentlich würde sein Bein bald wieder verheilen, hoffentlich würde es überhaupt verheilen. Er blickte in den Nebel hinein und hatte immer mehr das Gefühl, dass irgendetwas zurückblickte und dass der Nebel ganz langsam näherrückte, kaum erkennbar, als würde er sich anschleichen. Und dann sah er nur für einen Augenblick, der nicht länger als ein Herzschlag gewesen sein konnte, die Kontur der Kugel am Himmel.

Schlag auf Schlag, ein Schrei ertönte, dann ein weiterer, Blitze.

Johannes zögerte nicht, sondern stand auf und stolperte, so schnell er konnte, zurück zum Gasthaus. Jedes Mal, wenn er auftrat, peitschte der Schmerz durch sein Bein, aber er musste hier weg, musste zurück zu seiner Familie, musste sie warnen, musste sie retten und wenn es nur für einen weiteren Tag war. Sein Herz raste und es fühlte sich an, als würde er sein Blut ausschwitzen.

Die Schreie hallten ihm noch hinterher, als er das Gasthaus in der Ferne ausmachen konnte.

Er war kurz davor zusammenzubrechen, als er die Tür erreichte und darauf einhämmerte. Eine der Frauen öffnete ihm und er fiel fast auf den Boden. Alle Augen waren auf ihn gerichtet, niemand sagte etwas.

»Was ist mit den anderen?«, durchbrach schließlich eine der Frauen die Stille.

»Alle … alle sind tot … Sie … sie kommen.«

Einige der Frauen brachen in Tränen aus, ein paar andere griffen nach irgendwelchen Nahrungsmitteln, rannten die Stufen nach oben, ein paar flohen aus dem Gebäude. Johannes stolperte zu seiner Frau und seinen Kindern, die auf ihn zuliefen.

»Wir müssen aufs Zimmer«, sagte Johannes.

Martha nickte, verriegelte die Eingangstür und in dem Chaos warf Johannes die Krücken weg, packte seine Söhne an der Hand und schleppte sich die Treppen-stufen hoch. Sie liefen zusammen ins Zimmer und ver-riegelten auch dort die Tür, stellten zusätzlich das Bett davor.

»Was passiert jetzt?«, fragte Matthias.

»Ich weiß es nicht, ich weiß es wirklich nicht.«

Es waren noch eine ganze Zeit lang Schritte zu hören. Und dann vibrierte der Boden und alles wurde still, nichts bewegte sich. Im schummrigen Licht sah Johan-nes das nackte Entsetzen seiner Familie. Er sah Lichter durch die Ritzen der Wände und dann hörte er sie zum ersten Mal wirklich. Geiferndes Zischen aus eisernen Hälsen heulte auf und Johannes' Nackenhaare stellten sich auf. Er zitterte. Er wollte nicht sehen, wie seine Familie starb. Er war gerade wieder bei ihnen und jetzt sollte sie ihm genommen werden? Durch die Ritzen sah er Schatten, schnelle Schatten. Er hörte ein Krachen von unten, wahrscheinlich die Eingangstür, und kurz darauf die Schreie der Frauen, die dortgeblieben waren.

Johannes hielt den Atem an, versuchte, jedes kleine Geräusch zu deuten. Die Familie drängte sich weiter in die Ecke des Raumes, als würde das etwas nützen. Und dann hörte Johannes Schritte, eine seltsam-abstrakte

Gangfolge. Sie näherten sich, stiegen die Treppe hoch; der Rhythmus der Schritte klang verzerrt und falsch und dann ... nichts mehr. Gar nichts mehr. Nur noch das Atmen seiner Familienmitglieder drang Johannes an die Ohren.

Stundenlang standen sie noch in völliger Anspannung da, bis sie sich langsam lösten und setzten.

»Was jetzt? Wo sollen wir hin?«, flüsterte Martha.

»Wir bleiben hier«, sagte Johannes.

»Wir müssen hier weg.«

»Sie sind da draußen. Wir bleiben hier.«

»Es ist doch ...«

»Wir bleiben hier«, wiederholte Johannes.

Sie saßen da und sagten nichts, warteten nur darauf, dass sich irgendetwas dafür entschied, dem Ganzen ein Ende zu machen.

Johannes blickte in die Gesichter seiner Frau und seiner Kinder. Es war nicht lang her, da hatten sie zusammen am Tisch gesessen und in nur wenigen Tagen war jede Chance auf eine Zukunft zerstört worden.

Als hätte Matthias seine Gedanken lesen können, fragte er: »Wann essen wir wieder?«

»Erstmal gar nicht«, sagte Johannes. »Wir warten.«

Irgendwann schliefen sie alle an die Wand gelegt ein. Ab und an schüttelte Johannes jemanden, wenn er das Gefühl hatte, dass die Person zu laut schnarchte. Er war müde, aber er musste wach bleiben, durfte auf keinen Fall einschlafen. Irgendwann machte ihm sogar die Stille zu schaffen, diese schneidende Stille. Als würde sie durch die Ritzen versuchen einzudringen. Er zerriss, so leise es ging, seine Kleidung und stopfte sie in die Ritzen, da draußen war nichts Gutes mehr, da draußen war die Hölle, das wusste er.

Irgendwann wachten seine Familienmitglieder nacheinander auf. Die Kinder wurden unruhig, ab und zu standen sie auf, setzten sich wieder hin.

Elisabeth wurde gesäugt. Sie konnte als Einzige essen.

»Wir müssen hier raus«, sagte Martha irgendwann leise.

»Wir sterben da draußen.«

Die Zeit verstrich zäh und Johannes saß nur da, starrte seine Familie an, niemand durfte einen Fehler machen, niemand durfte zu laut sein.

Sie pissten in eine Ecke, als sie es nicht mehr halten konnten, und der Gestank breitete sich aus. Johannes musste wach bleiben. Er musste. Er konnte nicht anders. Er wusste, wenn er einschlief, würden sie sterben. Dass er wach war, war das einzige, was sie am Leben hielt. Er musste aufpassen. Seine Zunge war trocken, Kopfschmerzen. Er sah seiner Familie dabei zu, wie sie irgendwann wieder einschlief.

Er sah immer wieder zur Tür, aber sie blieb zu, nichts veränderte sich. Sie konnten nicht rausgehen, alle anderen waren gestorben, alle.

Und dann fing das Kleinkind an, zu schreien. Martha wachte auf, versuchte, es zu beruhigen, aber es schrie und schrie.

»Mach es still! Mach, dass es aufhört«, sagte Johannes entgeistert.

Sie holen uns. Sie werden uns holen.

Sie wiegte es in ihren Armen, wollte es säugen, aber der Säugling schrie weiter und weiter. Und dann hörte Johannes ein Geräusch von unten, vielleicht einer dieser Schritte.

Hatten sie es gehört? Sie suchten sie, sie würden sie finden und da nahm Johannes den Säugling und schrie: »SEI STILL VERDAMMT!«, aber das kleine Ding schrie weiter, immer lauter und lauter, also presste Johannes es gegen die Wand, fester und fester und fester. Ein Knacken, der Kopf platzte. Und er hörte hin und alles war still. Seine Familie starrte ihn an.

»Wir leben«, sagte er. »Wir leben.«

Niemand sagte etwas, niemand weinte, niemand schrie. Nichts bewegte sich draußen.

Sie waren sicher.

Und er schlief ein.

Als Johannes aufwachte, stand die Tür offen. Es roch nach Blut und Pisse, aber er nahm es kaum wahr, denn seine Familie war weg. Er war schlagartig wach und stand auf, lief nach unten. Er bemerkte nicht einmal, dass er wieder laufen konnte.

Auch unten stand die Tür nach draußen offen.

Er wusste, dass sie dort auf ihn warteten und ging hinaus. Der Nebel war noch dichter als sonst, schien sich überall auszubreiten, schien ihn einzunehmen, aber als er ein paar Schritte machte, sah er sie.

An einem dicken Ast hatten sie sich aufgehängt.

Der zertrümmerte Schädel des Säuglings hing auch in einer Schlinge. Es war ganz rechts, daneben Georg, daneben Matthias, dann Martha und dann: Ein Seil war noch frei. Darunter stand ein Eimer.

Sie sahen ihn, das wusste er.

Entweder so oder sie würden ihn holen.

Also stellte er sich auf den Eimer und legte sich die Schlinge um den Hals.

Dann war es friedlich.

Danksagung

Danke an Luca, meine Verlobte, für die Covergestaltung. www.menschenblind.de

Danke an Devon, mein bester Freund, für die Korrektur. www.devon-wolters.de

Danke an meine Familie, danke an David, danke an Julia, danke an Angela, danke an Tobias.

Autor

Daniel G. Spieker schreibt und spricht vom Untergang.

Gedanken an sprech@weltenbruch.de

Bibliographie

Ausgelöscht (2016)
Ein gutes Leben (2017)
Restmensch (2017)
Asche (2019)
Das Licht der Ankunft (2020)

www.weltenbruch.de

Ludographie

Intra-System: Trust Issues (2017)
Flufftopia (2018)
Devastated: Andrew's Dictaphone (2020)

www.smokesomefrogs.com

Auszug aus dem Buch »Restmensch«

*Verfügbar als Ebook, Taschenbuch und Hörbuch
(unter anderem auf Spotify und Deezer)*

»Hast du noch eine Zigarette?«

Eine habe ich noch. Ich gebe sie ihr.

»Danke.« Sie zündet sich die Zigarette an. »Warum bist du hier?«

Ich zucke mit den Schultern.

»Warum du?« Ich drehe mich zu ihr.

»Mord.« Keine Übertreibung in der Stimme.

»Ich habe niemanden umgebracht«, entgegne ich.

Sie nickt. »Das ist gut ... Seit wann bist du hier?«

»Ein paar Tage.«

»Ich bin schon so lange hier ... und ich habe diesen Platz hier erst vor einigen Wochen gefunden. Seitdem komme ich jeden Tag. Und du findest ihn direkt.«

»Er war nicht wirklich schwer zu finden.«

»Für dich vielleicht nicht.« Sie schaut lange ins Leere. »Manchmal glaube ich, dass es ... dass das hier der letzte Ort ist. Das ist der Endpunkt. Da draußen gibt es nichts mehr.«

?